ANNIVERSAIRE

DES

JOURNÉES DE JUILLET.

LE DRAPEAU.

LÉGENDE HÉROÏQUE DES FRANÇAIS. . . . . . 1 f. 25 c.

LÉGENDE HÉROÏQUE DES POLONAIS. . . . . 1 f. 25 c.

ANNIVERSAIRE DES JOURNÉES DE JUILLET. . 1 f. 25 c.

C.

ANNIVERSAIRE

DES

Journées de Juillet.

Le Drapeau.

Ecco lo Stendardo dell' onore e della libertà.

A Paris,

CHEZ LEVAVASSEUR, LIBRAIRE, AU PALAIS-ROYAL.

1831.

C.

ANNIVERSAIRE

DES

Journées de Juillet.

Le Drapeau.

Ecco lo Stendardo dell' onore e della libertà.

A Paris,

CHEZ LEVAVASSEUR, LIBRAIRE, AU PALAIS-ROYAL.

1831.

ANNIVERSAIRE

DES

JOURNÉES DE JUILLET.

LE DRAPEAU.

DRAPEAU de la nouvelle France,
Qui, brillant des couleurs des cieux,
Devins des peuples l'espérance,
En apparaissant à leurs yeux!
O de la liberté sacrée,
Bannière sainte et révérée,
Dont elle fut veuve quinze ans!
Reprends ton essor vers la gloire,
Oriflamme de la victoire,
Reviens ombrager tes enfants.

Ce fut dans cette ville antique,
Métropole de l'univers,
A l'aspect d'un peuple héroïque,
Que tu montas au sein des airs !
Sur l'autel de l'indépendance,
Aux regards charmés de la France
Tu viens reconquérir ses droits,
Et mettre un terme à l'esclavage
Dont l'infâme et cruel outrage
Durait depuis soixante rois.

Soudain, précoce dans ta gloire,
Tu vas planer sur ce donjon
Qui fut ta première victoire
Et l'honneur de ton pavillon [1].
Là, libérateur du génie,
Tu détrônes la tyrannie
En renversant les noirs cachots
Où gémissaient, tristes victimes,
Les mortels rares et sublimes
Qui faisaient pâlir ses bourreaux.

Bientôt, pour montrer à la terre
La valeur terrible des Francs,
Tu pars et lances le tonnerre
Sur les bataillons des tyrans.
Champs de Fleurus et de Jemmappe [2],
Aucun de leurs soldats n'échappe
A leur juste et sanglant courroux ;
Et vingt cités ouvrant leurs portes,
Des rois conjurés les cohortes
Tombent mourantes sous leurs coups.

Dès cet instant, noble bannière,
Qui du monde devient l'amour,
Tu resplendis sur la barrière
Qu'en se levant dore le jour ;
Le front blanchi des Pyrénées [3],
Les rocs des Alpes étonnées,
S'abaissent pour t'appartenir ;
Et, dominant leur double faîte,
Tu consacres une conquête
Qu'à peine croira l'avenir !

Déjà, planant sur l'Italie,
Tu brilles aux mains du héros
Dont l'immense et puissant génie
Va couronner tes grands travaux.
Plus heureux qu'Annibal, il vole
Te planter sur le pont d'Arcole,
Le Pô, le Tibre, l'Apennin;
Et le Tésin et le Timave,
Cessant de voir leur onde esclave,
Sont fiers de leur nouveau destin[4]!

Mais, insuffisante à ta gloire,
Trop étroite pour tes grandeurs,
L'Europe, ailleurs, de ton histoire
Va voir éclater les honneurs:
Sur la mer de la Phénicie,
Où nous apparut le génie
Quand il vint charmer nos regards,
De guerriers guidant une élite,
Tu voles.... et la docte Égypte
Revoit briller l'autel des arts!

Sur le sommet des Pyramides,
Saint drapeau, flottant à ton tour,
Tu repais les regards avides
Des peuples du berceau du jour.
De Sésostris évoquant l'ombre,
Elle sort du royaume sombre
Pour contempler ces étendards,
Qui, libérateurs de sa cendre,
Vont éclipser ceux d'Alexandre
Et les triomphes des Césars [5].

Revenu sur la terre antique
De l'héritière d'Agénor,
O de quel éclat héroïque,
Saint drapeau, tu brilles encor !
Cent fois franchissant le rivage
Du Rhin, du Danube, et du Tage,
Propices à l'humanité,
Dans l'un et dans l'autre hémisphère,
Tu vas allumer, tutélaire,
Le flambeau de la liberté [6].

Plus que jamais de gloire avide,
Et du monde achevant le tour,
Tu vas au pays homicide,
Des frimats éternel séjour !
Les champs affreux où la nature
Subit leur implacable injure,
Que le soleil se plaît à fuir,
Du Kremlin font ton Capitole ;
Et sous le ciel glacé du pôle
Tu surprends encor l'avenir [7] !

Tu reviens sanglant et terrible
De ces lointaines régions,
Porté par l'élite invincible
Des vainqueurs de cent nations !
Baskirs, Kalmouks, Mongols, Tartares,
Des multitudes de barbares,
Veulent t'anéantir en vain ;
Traversant leur foule innombrable,
Tu reparais plus redoutable
Aux champs immortels de Lutzen [8].

Vainement alors l'Angleterre,
En courroux contre le drapeau,
Tente, d'un crêpe funéraire,
De le couvrir à Waterloo :
Contre la France conjurée,
Et parjure à la foi jurée,
En vain l'Europe sous les lis
Veut courber l'étendard de gloire,
Reconnaissante, la Victoire
Lui rendra l'astre d'Austerlitz !

Au bruit de la foudre qui gronde,
Aux sons prolongés du beffroi,
Aux cris d'une haine profonde
Exhalés contre un cruel roi,
Parmi le sang et le carnage,
La mort, l'horreur et le ravage,
Et les pleurs de l'humanité,
Oui, tout à coup (douce présence !)
Renaît, abjurant son absence,
L'étendard de la liberté !

Il renaît, et séchant nos larmes,
Brille dans les mains du héros
Qui sous lui fit ses nobles armes
Et commença ses grands travaux :
Citoyen chéri des deux mondes,
Du guerrier les vertus profondes
Ont les Francs pour admirateurs ;
Et sa grande âme rajeunie
Redonne à sa belle patrie
L'oriflamme aux triples couleurs !

O bonheur qu'aura peine à croire,
Éprise des récits touchants,
Cette muse qui dans l'histoire
Consigne les faits éclatants !
Au sein de la terrible fête
Apparaît, près de Lafayette,
Du grand peuple le roi nouveau,
Philippe, qui, modeste et sage,
A défendu par son courage
De la liberté le drapeau.

Oui, ce fut lui, noble bannière,
Qui te tirant de son blason,
Vint t'offrir à la France entière
Comme un enfant de sa maison.
Tu naquis de son armoirie,
Tu lui dois ta gloire et la vie,
Il te fit grande à ton berceau;
Et comme Achille aux bords du Xante,
Jeune, t'arbore triomphante,
Aux fraîches rives de l'Escaut.

Jamais il ne t'a délaissée,
Et toujours chère à son grand cœur,
Tu fus l'objet de sa pensée
Ou bien celui de sa valeur;
Et quand après un long veuvage
Tu reparais sur le rivage.
Que tu couvris d'un affreux deuil,
C'est encor lui qui vient, sublime,
T'émanciper du joug du crime
Et t'arracher à ton cercueil.

Drapeau de la grande semaine,
Le monde fut fait en sept jours ;
En moins de trois, tu romps la chaîne
Que nos tyrans tramaient toujours :
Étends tes zones triomphantes
Depuis l'Océan des Atlantes
Qui sépare deux univers,
Jusqu'au bout de ce vaste empire
Que la nature et le zéphire
Parent de leurs trésors divers.

L'oiseau vaillant qui te couronne,
Non moins fier que l'aigle romain,
Vigilant, veille sur le trône
D'un roi qui n'est qu'un citoyen.
Sa voix matinale et perçante
Partout célèbre et partout chante
Le règne du nouvel Henri ;
Et les échos de nos rivages,
Et de nos monts et de nos plages,
Répètent tous l'hymne chéri [9].

J. M. P.

NOTES.

[1] La Bastille, sur les débris de laquelle ses vainqueurs arborèrent le drapeau, emblème, non-seulement de la liberté de la France, mais de celle de l'univers.

[2] Première campagne des soldats de la liberté, au nombre desquels a figuré si glorieusement le roi-citoyen, une des plus belles conquêtes des journées de juillet.

[3] Campagnes successives de la liberté, dont les soldats-citoyens avaient alors pour chef Dugommier, qui, à la simplicité de Caton, joignit sa fermeté et son incorruptibilité; noble cortége des généraux, ses émules en vertus et en valeur: Hoche, Marceau, et Kléber.

[4] Campagne d'Italie, égalant par ses prodiges les plus hauts faits d'Alexandre et de César.

[5] Campagne d'Egypte, miraculeuse comme celles de Sésostris lui-même, lorsque, s'élançant de la Lybie, il conquit, selon toutes les probabilités, toute l'Éthiopie et le Bengale, depuis les sources du Gange, jusques à l'embouchure du Zaïre.

[6] Ceci est loin d'être exact, sans doute; mais si Napoléon avait été libéral comme le furent Timoléon et Washington, et son illustre et digne ami, qu'il est inutile de nommer, le tigre de Portugal n'eût pas désolé ce pays, aussi malheureux qu'il est beau.

[7] L'avenir sera surpris, sans doute, d'un prodige opéré

par des guerriers qui osèrent, en franchissant le Tanaïs et le Borysthène, ce que Rome, tenue perpétuellement en échec sur l'Ister par les Scythes, n'osa pas tenter aux grands jours de sa gloire; mais si l'avenir sera surpris d'admiration, il le sera aussi de douleur, en apprenant ce qu'un tel prodige a coûté de larmes, de sang, et de deuil!

[8] Semblable au pin que çourbe la tempête pendant sa colère, le saint drapeau, secouant les frimats et la poudre dont il était noirci, se releva superbe aux mêmes champs où l'un des héros de l'humanité, Gustave Adolphe, périt en défendant, non la liberté politique, mais la liberté religieuse qui l'a précédée.

[9] Philippe est évidemment le nouvel Henri, par son amour pour le peuple et la liberté; il est plus encore, car, modèle des époux autant que des bons citoyens, ses mœurs sont un garant que sa cour ne sera pas comme celle du héros de Voltaire, un parc au cerf plus galant, plus délicat que celui de Louis XV, mais non moins déprédateur et non moins immoral.

Saint-Germain-en-Laye, Imprimerie d'A. GOUJON.